अकबर बीरबल

बुद्धिमत्ता और हाज़िर-जवाबी की कहानियाँ

संकलनकर्ता
सतीश कुमार

AF543203

शिक्षा भारती

₹ 35
ISBN : 9788174831088
संस्करण : 2017 © शिक्षा भारती
AKBAR-BIRBAL (Satire) by Satish Kumar
मुद्रक : के. एच. बी. ऑफसेट प्रोसेस, दिल्ली

शिक्षा भारती
1590, मदरसा रोड, कश्मीरी गेट-दिल्ली-110006

अकबर बीरबल

केवल लोटा न था

एक दिन आपस में कुछ पहेली बुझावल की बातें छिड़ीं। उसी बीच बादशाह ने पूछा—"गधा उदासा क्यों,
ब्राह्मण प्यासा क्यों ?"

बीरबल ने उसका एक ही जवाब देकर किस्सा तमाम कर दिया। उसने कहा—"केवल लोटा नहीं था।" उसका अभिप्राय यह था—बिना लोटे गधा उदासा था और लोटा न रहने से ब्राह्मण भी प्यासा रहा। बादशाह भी बीरबल के द्विअर्थी उत्तर से बड़ा खुश हुआ, और उसको एक बड़ी रकम इनाम में देकर खुश कर दिया।

पण्डित की पदवी

एक मूर्ख ब्राह्मण को पण्डित बनने की बहुत इच्छा थी। जब वह बेचारा कोशिश करने पर भी कामयाब न हुआ तो उसे बीरबल से मिलकर कार्य साधने की तरकीब सूझी। वह तुरन्त बीरबल के घर की ओर चल पड़ा। बीरबल का घर उसके घर से दूर था। रास्ते का थका-मांदा जब वह वहां

पण्डित की पदवी

पहुंचा तो लोगों से पूछने पर पता चला कि अभी बीरबल दरबार से नहीं आया है। 'मरता क्या न करता।' वह तो पण्डित बनने की धुन में था, तत्काल वह दरबार की तरफ चल दिया। वह चुपचाप चला जा रहा था। अचानक रास्ते में बीरबल से भेंट हो गई। वह दोनों हाथ जोड़कर बोला—"बुद्धवर प्रधान जी, ! मैं अपढ़-गंवार यानी मुझे पढ़ना-लिखना बिल्कुल नहीं आता जिस पर मुझे पण्डित बनने की बड़ी इच्छा है। अपनी बुद्धि से कोशिश करके हार गया, पर मेरी मनोकामना पूरी न हुई। अब लाचार आपकी शरण में आया हूँ। कृपया मुझे इसका तरीका बतलाकर मेरी सहायता कीजिए।"

बीरबल ने कहा—"घबराने की कोई बात नहीं है। उसकी तरकीब बड़ी ही आसान है। तुम शहर के किसी चौराहे पर जाकर खड़े हो जाओ। जब तुम्हें कोई पण्डित कहकर पुकारे तो उसे मारने दौड़ना, बस फिर तुम जहां भी जाओगे, लोग पण्डित हो पण्डित पुकारते फिरेंगे।"

बीरबल की इस तरकीब को सुनकर वह मूर्ख ब्राह्मण बड़ा खुश हुआ और तुरन्त ही एक चौराहे पर जा खड़ा हुआ। सीधी बात थी ही, इधर से बीरबल भी जा पहुंचा और वहां के खेलते हुए छोटे-छोटे लड़कों के कान में कुछ कहकर समझा दिया। फिर क्या था, चारों ओर से पण्डित-पण्डित की आवाज आने लगी और वह उन्हें मारने को दौड़ने लगा। यहां तक की उस चौराहे पर लोगों की भीड़ लग गई। लड़कों की देखा-देखी बड़ों ने भी पण्डित-पण्डित कहना शुरू कर दिया। ज्यों-ज्यों वह लोगों पर चिढ़ता, त्यों-त्यों

लोग और भी चिढ़ाते जाते । इस तरह थोड़े समय में ही वह मूर्ख पण्डित के नाम से प्रसिद्ध हो गया । जब उसका मतलब हल हो गया तो बीरबल की सलाह से उसने चिढ़ना बंद कर दिया, परन्तु उन लोगों ने पण्डित कहना नहीं छोड़ा ।

तीन चीजों की खरीद

एक बार बादशाह के दरबारियों ने बादशाह से शिकायत की कि हुजूर, आप सभी तरह के कार्य बीरबल को देते हैं, क्या हम कुछ भी नहीं कर सकते ?"

बादशाह ने कहा—"ठीक है, मैं अभी इस बात का फैसला कर देता हूं ।"

उन्होंने एक दरबारी से कहा कि—तुम्हें तीन रुपये देता हूं । इसकी तीन चीजें लाओ । हर एक की कीमत एक रुपया होनी चाहिए । पहली चीज यहां की होनी चाहिए दूसरी चीज वहां की होनी चाहिए, तीसरी चीज न यहां की न वहां की होनी चाहिए ।"

दरबारी बाजार गये और वहां पर जाकर दुकानदार से ये चीजें मांगीं । दुकानदार उनकी बात सुनकर हंसने लगा और कहा कि यह चीज कहीं भी नहीं मिल सकतीं । दरबारियों ने जगह-जगह पूछा लेकिन वह चीज कहीं नहीं मिलीं, इसलिए वह वापस दरबार में आया और बताया कि मुझे तो कहीं भी नहीं मिलीं । वह अब यदि बीरबल लाये तो समझें ।

अकबर ने बीरबल को बुलाया और कहा कि जाओ यह चीजें लेकर आओ।

बीरबल रुपये लेकर वहां से चला गया और थोड़ी देर बाद वापिस आया।

बादशाह ने पूछा—"बीरबल, तीनों चीजें ले आए।"

बीरबल ने कहा—"जी हां, मैंने पहला रुपया फकीर को दे दिया जो वहां से भगवान के पास पहुंच गया, दूसरा रुपया मैंने मिठाई में खर्चा, जो यहां के काम आ गया। एक रुपये का मैंने जुआ खेल दिया जो न यहां काम आएगा और न वहां।"

उसकी बात सुनकर सब दरबारी शर्मिंदा हो गये और बादशाह ने बीरबल को बहुत-सा इनाम दिया।

गधे तम्बाकू नहीं खाते

बीरबल तम्बाकू खाता था और बादशाह अकबर नहीं खाते थे। एक दिन दोनों तम्बाकू के खेत के पास से गुजर रहे थे तो अकबर ने बीरबल से कहा कि—"देखो तम्बाकू के खेत में गधा चर रहा है पर वह तम्बाकू खाता नहीं।"

गधे तम्बाकू नहीं खाते

बीरबल मुस्कराकर बोला, "जहांपनाह ! इससे यही सिद्ध होता है कि गधे तम्बाकू नहीं खाते ।"

बादशाह शर्म से पानी-पानी हो गया ।

ऊंट की गर्दन टेढ़ी क्यों

एक बार बादशाह अकबर ने बीरबल से जागीर देने का वायदा किया था लेकिन जब जागीर देने का समय आया तो गर्दन मोड़ ली ।

कुछ समय बाद बादशाह और बीरबल एक साथ कहीं से गुजर रहे थे तो उन्हें एक ऊंट बैठा दिखाई दिया । ऊंट को देखकर बादशाह ने पूछा—"बीरबल, ऊंट की गर्दन टेढ़ी क्यों होती है ?"

बीरबल ने तुरन्त जवाब दिया—"गुस्ताखी मुआफ जहांपनाह, लेकिन मेरा ख्याल है कि इसने भी किसी को जागीर देने का वायदा किया होगा लेकिन समय पर गर्दन फेरली होगी ।"

बादशाह को अपनी बात याद आ गई और उसने बीरबल को जागीर दे दी ।

चोर की दाढ़ी में तिनका

एक बार दरबार में दो व्यक्तियों को बादशाह अकबर के दरबार में पेश किया गया ।

पहला—"हुजूर ! इसने मुझसे सौ अशर्फियां उधार ली थीं मगर अब यह मुकर रहा है ।"

चोर की दाढ़ी में तिनका

दूसरा—"जहांपनाह ! मैंने इससे कोई अशर्फी उधार नहीं ली, यह सरासर झूठ बोल रहा है ।"

बादशाह ने बीरबल को इसका फैसला करने के लिए कहा।

बीरबल ने पहले व्यक्ति से पूछा—"तुमने इसे अशर्फियां कौन-सी जगह पर दी थीं ?"

पहला व्यक्ति—"जंगल में एक आम के पेड़ के नीचे ।"

बीरबल—"अच्छा जाओ, उस पेड़ को दरबार में हाजिर करो ।"

पहला व्यक्ति चला गया । जब कुछ देर हो गई तो बीरबल बोला, "जहांपनाह, उस व्यक्ति ने बहुत देर लगा दी है । दरबार का समय खराब हो रहा है । आप अपना फैसला सुनाएं ।"

दूसरा व्यक्ति—"जी सरकार ! वह अभी नहीं आएगा ।"

बीरबल ने उससे तुरन्त ही पूछा—"तुम्हें कैसे मालूम है कि वह व्यक्ति अभी नहीं आएगा ?"

दूसरा व्यक्ति—"क्योंकि वह पेड़ यहां से बहुत दूर है ।"

बीरबल (बादशाह को बताते हुए)—"हुजूर, यह व्यक्ति ही दोषी है । यदि इसने अशर्फियां नहीं लीं तो इसे कैसे मालूम है कि वह पेड़ बहुत दूर है ?"

बीरबल और गधे में फर्क

एक बार बादशाह अकबर ने मजाक में बीरबल से पूछा—"बीरबल तुममें और गधे में क्या फर्क है ?"

बीरबल ने अपने और बादशाह के बीच की दूरी नापते हुए कहा—"जी, सिर्फ सात फीट का फर्क है ।"

दौलत ड्योढ़ी पर हाजिर है

दौलत ड्योढ़ी पर हाजिर है

एक बार बादशाह ने किसी कारण से अपने दौलत नामक पुराने सेवक पर नाराज होकर उसे नौकरी से निकाल दिया। बेचारा सेवक अपने बचाव का कोई दूसरा उपाय न देख बीरबल के पास गया।

बीरबल उसका समाचार सुनकर बोला—"तुम एक बार फिर महल में जाकर कहो कि दौलत ड्योढ़ी पर हाजिर है, हुक्म हो तो रहे या जाए ?"

सेवक ने वैसा ही किया। बादशाह ने उसे बुलवाकर धीरे से समझाया—"दौलत मेरे यहां हमेशा कायम रहे।"

बादशाह और उस पुराने नौकर की अर्थ भरी बातों को समझकर सब दरबारी हंसने लगे।

इस तरह बीरबल की वजह से बेचारे दौलत की नौकरी बची रह गई।

सच और झूठ का फर्क

बादशाह ने बीरबल से पूछा—"बीरबल सच और झूठ में क्या फर्क है ?"

बीरबल ने कहा—"जितना आंख और कान के बीच में है।"

बादशाह ने कारण पूछा तो उसने जवाब दिया—"जो चीज अपनी आंख से देखी जाय उसे कोई झूठ नहीं कह सकता

भूल ही गया

लेकिन कान से सुनी जाने वाली बात अधिकतर झूठ होती है, इसलिए सच और झूठ में आंख और कान के बीच की दूरी जितना फर्क है ।"

भूल ही गया

एक दिन बादशाह अकबर ने बीरबल से मजाक किया—"बीरबल, तुम्हारी पत्नी बहुत सुन्दर है ।"

"अच्छा !" बीरबल ने ऐसे कहा जैसे वह कोई नई बात सुन रहा हो ।

"हां, हमने उसे देखा है वह बड़ी हसीन है ।"

"होगी हुजूर, मैंने जब से आपकी बेगमों को देखा है, तब से उसकी सूरत ही भूल गया हूं ।"

बादशाह झेंप गया और पछताने लगा कि बीरबल से ऐसा मजाक क्यों किया ?

बैल का दूध

बादशाह को एक बार सनक सवार हुई कि उन्हें बैल का दूध चाहिए । उन्होंने यह काम बीरबल को सौंप दिया । बीरबल की बुद्धि की परीक्षा या अनोखा जवाब या मनोरंजन के लिए ही वे अजीब सवाल उठा दिया करते थे ।

उस दिन यह ऐसा ही सवाल उठा दिया गया था ।

"बैल का दूध ?" बीरबल चौंके थे ।

"हां ।"

"ठीक, तो ला देंगे।" बीरबल ने कहा।

"कब तक ?"

"आठ दिन तो लग जायेंगे हुजूर।"

"ठीक है ला देना। नहीं लाये तो सजा दी जाएगी।"

"जी जहांपनाह !" कहकर बीरबल दरबार से चला आया।

अपने घर पहुंचने तक बीरबल ने एक तरकीब सोच ली थी। उसने अपनी पुत्री को बादशाह के महल के पीछे आधी रात के समय कपड़े धोने के लिए भेज दिया।

वह पहुंच गई और कपड़े धोने लगी।

आधी रात का वक्त।

जान-बूझकर वह आवाज भी जोर से कर रही थी।

राजा की नींद में बाधा पड़ी तो सिपाही को भेजकर लड़की को अपने पास बुलाया।

"तुम इस वक्त कपड़े क्यों धोती हो ?"

"जी बात ही ऐसी है···।"

"क्या ?"

"बात ये है कि आज मेरे पिताजी ने एक बच्चे को जन्म दिया है—वे जच्चा हैं। न तो आज मुझे वक्त मिला और न कल दिन में वक्त मिलेगा। इसलिए रात में कपड़े धो रही हूँ।"

"मर्दों के बच्चे नहीं होते, बेटी !"

"मर्दों के बच्चे नहीं होते तो बैल दूध कैसे दे सकता है ?"

बादशाह चौंक पड़े और बोले—"तुम बीरबल की बेटी

तो नहीं हो ?"

"जी हाँ, मैं उन्हीं की बेटी हूं ।"

"अरे तुम हमारी भी बेटी हो ।" बादशाह हँसे ।

बादशाह ने उसे पूरे सम्मान के साथ उसके घर पहुँचवाया और अगले दिन ही बीरबल को बुला लिया ।

मोम का पोता

एक दिन बादशाह अकबर बीरबल से मजाक में बोले—"अरे बीरबल, क्या कारण है कि तुम्हारे भगवान जब भी किसी भक्त की जान बचाने के लिए या लाज बचाने के लिए आते हैं तो नंगे पैर बिना किसी सवारी, नौकर-चाकर लिये दौड़ पड़ते हैं, आखिर ये सब किस वक्त काम आते हैं ?"

बीरबल मुस्करा दिए ।

फिर बोले—"उचित अवसर पर इस सवाल का उत्तर दूँगा हुजूर ।"

"ठीक है, उत्तर देना ।"

कुछ दिन बाद बीरबल ने उस नौकर से बात की जो बादशाह के पोते की देखभाल करता था ।

बीरबल ने एक कलाकार से बादशाह के पोते की शक्ल का एक बच्चा मोम के मसाले से बनवा लिया था ।

बच्चे की देख-रेख करने वाले नौकर को वह मोम का बच्चा देते हुए बीरबल ने कहा—"इसे बादशाह के पोते के कपड़े पहनाकर उधर से ले जाना जिधर तालाब है । कुछ

मोम का पोता

दूरी पर मैं और जहाँपनाह होंगे। बच्चे को गोद में लेकर प्यार करते हुए तुम पैर फिसला कर गिरना और इस तरह गिरना कि बच्चा तालाब के पानी में गिरे और बादशाह देख लें। इस काम के तुम्हें बहुत रुपये इनाम दूँगा और अगर तुमने मेरे कहने के अनुसार काम न किया तो सजा मिल सकती है।"

योजनानुसार वह नौकर बादशाह के पोते को तालाब के किनारे ले गया।

वास्तव में वह मोम का बना हुआ बच्चा था।

बादशाह और बीरबल दूर थे। बादशाह को यही पता था कि यह उनका अपना पोता है।

बीरबल से बातें करते हुए बादशाह का ध्यान अपने पोते पर था।

अचानक नौकर का पैर फिसल गया।

वह गिरा और उसके साथ ही बादशाह का पोता भी पानी में गिर गया।

बादशाह जैसी स्थिति में बैठ थे, वैसे ही उठकर भाग लिये। न उन्होंने जूतियां पहनीं, न बीरबल से कुछ कहा।

वह सीधे भागकर तालाब में उस जगह कूद गए जहां पर पानी में बच्चा गिरा था। उन्होंने डुबकी लगाकर तुरन्त ही उस बच्चे को बाहर निकाला परन्तु वह मोम का था। यह देखकर बादशाह को क्रोध आ गया।

वे नौकर को बुरा-भला कहने और सजा की धमकी देने लगे तो उसने बता दिया कि बीरबल की आज्ञा पर उसने यह नाटक किया है।

बीरबल भी बड़े इत्मीनान से तम्बाकू खाता हुआ वहां आ गया ।

"बीरबल, यह क्या बदतमीजी थी ?"

"कुछ भी नहीं । हुजूर आपने एक दिन पूछा था कि भगवान बिना सवारी, बिना नौकर-चाकर क्यों नंगे पांव दौड़ पड़ते थे भक्तों की सहायता में । यह मैंने उसी सवाल का जवाब दिया है । आज आपने भी किसी चीज का इन्तजार नहीं किया था, बस दौड़ पड़े थे ।"

"ओह—ये बात थी ।"

"जी, यह उसी सवाल का जवाब था ।"

"मैं समझ गया हूं, भक्त से भगवान का ऐसा ही प्यार होता है जैसे मनुष्य का सन्तान से ।" बादशाह ने कहा और उस नौकर को भी माफ कर दिया ।

अन्धे ज्यादा हैं

एक दिन अकबर ने बीरबल से पूछा—"दुनिया में अन्धे अधिक हैं या आंखों वाले ?"

"अन्धे ।" बीरबल ने जवाब दिया ।

"कैसी बात करते हो ? यदि दुनिया में अन्धे ज्यादा होते तो कोई भी काम नहीं चलता ।"

"काम भी चलता ही रहता है, हुजूर फिर भी अन्धों की संख्या ज्यादा है ।"

"अपनी बात को सिद्ध करो ।"

बीरबल ने कहा—"इसके लिए कुछ समय चाहिए हुजूर !"

बादशाह ने उनकी बात मान ली।

और दूसरे दिन बीरबल एक चौराहे पर पुस्तक पढ़ने बैठ गया।

अपने पास ही उसने एक कागज और कलम रख लिया।

उसके पास जो भी आता, यही पूछता—"आप यह क्या कर रहे हो ?"

बीरबल प्रश्नकर्ता का नाम एक लिस्ट में लिख देता।

बादशाह भी आये।

उन्होंने भी पूछा—"बीरबल, यहां बैठे क्या कर रहे हो ?"

बीरबल ने बादशाह का नाम भी अन्धों की लिस्ट में लिख लिया।

दूसरे दिन बीरबल ने वह नामों की लिस्ट बादशाह के सामने पेश कर दी जिसमें सभी अन्धों के नाम लिखे हुए थे।

अन्धों की लिस्ट में अपना नाम लिखा देखकर बादशाह ने आश्चर्य से पूछा—"तुमने मेरा नाम भी इस लिस्ट में लिखा है। ऐसा क्यों किया ? क्या मैं अन्धा हूं ?"

"यह लिस्ट कल ही बनाई थी। जब मैं पुस्तक पढ़ रहा था।"

"फिर !"

"कल ये सभी मिले। आप भी मिले। आपने भी सब

लोगों की तरह पूछा कि क्या कर रहे हो ? जबकि दिखाई दे रहा था कि मैं पुस्तक पढ़ रहा था ।"

सुनकर बादशाह मुस्करा दिये ।

"तुमने सचमुच सिद्ध कर दिया कि अन्धे अधिक हैं ।"

पहेली

बादशाह ने एक बार कहीं से एक पहेली सुन ली या पढ़ ली अथवा तैयार कर ली । जो इस प्रकार थी—

'ऊपर ढक्कन नीचे ढक्कन,
बीच में है खरबूजा ।
मोम छुरी आप ही काटे,
ताको अर्थ न दूजा ।'

"बीरबल बताओ इसका अर्थ क्या हुआ ?"

पहेली का जवाब बीरबल की समझ में नहीं आया । उसने बादशाह से कहा, "हुजूर, मैं इस पहेली का जवाब बहुत जल्दी बता दूंगा···मुझे थोड़ा वक्त चाहिए ।"

बादशाह ने इजाजत दे दी ।

दूसरे दिन बीरबल सीधा एक गांव में पहुंच गया जहां एक बहुत तीक्ष्ण बुद्धि वाला किसान रहता था ।

जिस समय बीरबल उस किसान के घर पहुंचा, उस किसान की लड़की रसोई में खाना बना रही थी । बीरबल ने पूछा—"बेटी, तुम क्या कर रही हो ?"

"मैं मां को जला रही हूं और बेटी को पका रही हूं ।"

लड़की ने जवाब दिया।

"तुम्हारे पिता जी कहां गए हुए हैं ?"

"मिट्टी में मिट्टी को मिलाने गए हैं।"

"और तुम्हारी मां कहां है ?"

"वे एक-एक के दो-दो करने गयी हैं।"

लड़की की बात बीरबल की समझ में बिल्कुल नहीं आयी।

बीरबल ने अपने मन में सोचा कि जब यह छोटी-सी लड़की ही इतनी बुद्धिमान है तो इसका पिता कितना विद्वान होगा।

जब वह किसान वापिस आ गया तो उसने बीरबल की काफी आवभगत की।

बीरबल ने उस किसान से लड़की द्वारा दिए गए जवाबों के बारे में पूछा तो उसने बताया—"देखिये, पहले सवाल के उत्तर में लड़की ने कहा था कि मां जला रही हूं, बेटी को पका रही हूं। इसका अर्थ है कि अरहर की लकड़ियों की आंच में अरहर की दाल पका रही है। उसने दूसरे सवाल का जवाब दिया था कि मिट्टी में मिट्टी को मिलाने गया है। इसका अर्थ है—मुर्दे को जलवाने गये हैं। मैं श्मशान घाट से आया हूं। मिट्टी को मिट्टी में मिलाकर। तीसरा जवाब था एक-एक के दो-दो करने का। अर्थ है उसकी मां दाल दलने गई थी।"

"सचमुच आपकी लड़की वहुत विद्वान है। मैं इसीलिए आपके यहां आया हूं।"

"सेवा बतायें।"

बादशाह ने पूछा है—

"ऊपर ढक्कन नीचे ढक्कन
बीच में है खरबूजा,
मोम छुरी आप ही काटे
ताको अर्थ न दूजा।"

"बस यार", किसान ने कहा—"इस पहेली का अर्थ है—दो ढक्कन हैं, आकाश और धरती। बीच में खरबूजा है प्राणी। जैसे मोम गर्मी में पिघल जाता है वैसे ही मनुष्य की मृत्यु हो जाती है, इसका अर्थ यह है।"

बीरबल इस उत्तर को सुनकर लौट गया। बीरबल ने उस व्यक्ति का बताया हुआ उत्तर बादशाह को सुनाया तो बादशाह बहुत खुश हुआ।

पतीले का बच्चा

एक बार की बात है कि बीरबल से शहर के लोगों ने आकर एक लालची ठठेरे की शिकायत की कि वह बहुत लालची है। उसे सबक सिखाओ।

बीरबल ठठेरे के यहां गया और वहां से बड़े-बड़े तीन पतीले खरीद लाया। कुछ दिन के बाद बीरबल छोटी-सी पतीली लेकर लालची ठठेरे की दुकान पर गया। और बोला—"आपके बड़े पतीले के यह बच्चा हुआ है। कृपया आप इसे अपने पास रख लें।"

ठठेरा मन ही मन बहुत खुश हुआ और छोटी पतीली ले ली।

थोड़े दिनों बाद बीरबल एक बड़ा पतीला लेकर फिर ठठेरे की दुकान पर गया और बोला—"ये पतीले मुझे पसंद नही हैं। इसलिए आप इसे वापस ले लो और मेरे पैसे मुझे वापस दे दो।"

ठठेरा—"लेकिन यह तो एक ही है जबकि तुम तीन पतीले ले गए थे।"

बीरबल—"जी, हाँ, परंतु दो पतीलों की तो मृत्यु हो गई।"

ठठेरा—"भइया, क्यों बेवकूफ बनाते हो? भला पतीलों की भी कभी मृत्यु होती है।"

बीरबल—"अगर पतीले के बच्चे पैदा हो सकते हैं तो मृत्यु भी हो सकती है।"

मजबूरन उस ठठेरे को बीरबल को पैसे वापिस देने पड़े।

अनोखा सवाल

एक बार बादशाह अकबर ने सवाल पूछा कि उन्हें चार चीजें बतलाओ।

1. जो यहां हो पर वहां नहीं।
2. जो वहां तो हो लेकिन यहां नहीं।
3. जो यहां भी नहीं और वहां भी नहीं।
4. जो वहां और यहां दोनों ही जगह हो।

बीरबल ने कहा—"आलीजहां, मैं दो दिन बाद आपके सामने चारों को पेश कर दूंगा।"

अनोखा सवाल

दो दिन बाद एक वेश्या, एक साधु, एक फकीर और एक दानी सेठ को बीरबल ने बादशाह के सामने पेश कर दिया।

बादशाह ने बीरबल से इसका कारण पूछा तो बीरबल ने कहा—"यह वेश्या है जो यहां तो सुखी और खुशहाल है, परंतु यह पाप करती है, अतः यहां तो यह है, परंतु इसकी जगह वहां परलोक में नहीं होगी।

"...दूसरे ये साधु हैं, जो यहां इस जन्म में कष्ट भोग रहे हैं, लेकिन पुण्य और तप करते हैं ये यहां सुखी नहीं हैं, लेकिन इनकी जगह वहां अवश्य होगी।

"...तीसरा ये फकीर है। यह यहां भी सुखी नहीं है और अच्छे कर्म न करने की वजह से यह वहां भी सुखी नहीं होगा।

"...चौथा यह दानवीर सेठ है, यह यहां दान-पुण्य करते रहते हैं। इसलिए इनकी जगह वहां स्वर्ग में भी होगी। यहां भी यह सुखी हैं। इनकी जगह वहां भी है और यहां भी।"

बादशाह को अपने सवाल का जवाब मिल गया।

उन्होंने वेश्या को वहां तक आने की फीस, साधु को सम्मान, फीकर को भीख और सेठ को इज़्ज़त और औहदा दिया।

एक नहीं, दो गधों का बोझ

एक दिन बादशाह अकबर अपने शहजादे और बीरबल

के साथ घूमने जा रहे थे। चलते-चलते बादशाह और शहजादे ने अपने-अपने लबादे उतारकर बीरबल को थमा दिये।

बादशाह ने बीरबल को चिढ़ाया—"बीरबल अब तो तुम पर एक गधे जितना बोझ हो गया।"

बीरबल भला कहां चूकने वाला था।

उसने तुरंत जवाब दिया—"एक गधे का कहां है हुजूर, यह दो गधों का बोझ है।"

बीरबल का जवाब सुनकर बादशाह झेंप गये।

कुओं की दावत

दरबार के दूसरे लोग बीरबल से ईर्ष्या तो रखते ही थे। वे हमेशा इस अवसर की तलाश में रहते कि बादशाह अकबर को किसी प्रकार बीरबल के खिलाफ भड़कायें। कभी न कभी ऐसे अवसर भी उनको मिल ही जाते थे। एक बार उनके कहने में आकर बादशाह ने कहा—"बीरबल, तुम्हारी शिकायत मिली है।"

"क्या हुजूर ?"

"लोग कहते हैं कि बीरबल इतना होशियार नहीं है जितनी कि शाही खजाने से तनखाह लेता है।"

"ठीक ही कहते होंगे हजूर !"

"जब तुम मूर्ख हो तो फिर क्यों शाही खजाने पर बोझ बने हुए हो, अब तुम छुट्टी करो।"

"जो हुक्म जहांपनाह !"

आधी धूप-आधी छांव

"ठीक है, तो कल से तुम जहां भी जाना चाहो, जा सकते हो और हमेशा के लिए जाना चाहा तो चले जाना।"

"आपका हुक्म सर-आंखों पर हुजूर!"

और बीरबल दूसरे ही दिन कहीं चला गया।

बीरबल की कमी बादशाह को जल्दी ही खलने लगी। बीरबल के बगैर न तो उनका मन ही लगा और न दरबार में ही रौनक थी। बहुत से फैसले गलत होने लगे थे।

हंसी-मजाक का जो दौर रहता था, वह भी बन्द हो गया था।

बादशाह हमेशा उदास से रहते थे।

आखिरकार उन्होंने बीरबल को ढुंढ़वाना शुरू कर दिया।

परन्तु उसका कहीं पता न चला।

बादशाह ने उसको ढूंढ़ने की तरकीब सोची।

उन्होंने शहर में ऐलान करवा दिया कि उनके राज्य के लोग अपने साथ 'आधी धूप आधी छांव' लेकर दरबार में पहुंचें।

पूरे राज्य में एक गाँव ही ऐसा निकला जहाँ के लोग आधी धूप और आधी छाँव लेकर पहुंचे। वे लोग अपने-अपने सिरों पर ऐसी चारपाइयाँ रखे हुए थे जो इस प्रकार बुनी थीं कि उनमें बड़े-बड़े छेद रह गये थे जिनसे छनकर आधी धूप आ रही थी और जहाँ-जहाँ बुनाई थी, वहाँ उसकी छाँव थी।

बादशाह गाँव वालों की इस सूझ पर बहुत प्रसन्न

हुए।

उन्हें यकीन हो गया कि इस गांव में ही बीरबल रहता है।

फिर भी अपनी बात की पुष्टि के लिए उन्होंने उस गांव वालों को आदेश दिया कि उस गांव के सभी कुओं की बादशाह के महल में दावत है। गांव ने यदि दावत में अपने कुएं न भेजे तो उन्हें सजा दी जायेगी।

गांव वाले घबरा गये और सीधे बीरबल के पास पहुंचे जो उसी गांव में रहता था।

बीरबल ने कहा—"फिक्र मत करो। यह कोई मुश्किल नहीं है।"

"तो फिर बताइये न, हम क्या करें ?"

"बादशाह के पास खबर भेज दो कि दावत में आने के लिए हमारे सब कुएं तैयार हैं मगर उनकी एक शर्त है, कि हमारे कुएं तभी उस दावत में आयेंगे, जब उन्हें बुलाने के लिए बादशाह के महल का कुआ खुद आयेगा। आदमी के साथ या अकेले वे नहीं आयेंगे। आखिर उनकी भी कोई इज़्ज़त है।"

बादशाह को अब बिल्कुल भी शक न रहा कि उसी गांव में बीरबल मौजूद है।

उन्होंने बड़े आदर-सम्मान से बीरबल को अपने पास बुला लिया।

•••